欢迎来到平行世界

《儿童科幻文学》

改变未来的
秘密任务

〔日〕友乃雪◎著
〔日〕冈部理香◎绘
森有有◎译

北京科学技术出版社
100层童书馆

友乃雪

生于日本福冈县。2005 年获第 23 届微暖童话馆佳作奖。2007 年，与杉山亮合作创作"你就是名侦探"系列第 4 册。2008 年，作品《改变未来的秘密任务》获第 25 届福岛正实儿童科幻文学奖。

冈部理香

1950 年生于日本埼玉县。绘本作品有《成为好孩子》《去棒球场吧》《小静去跑腿》等，还曾为《拜托了小鳄鱼》《加油鲤太》《晨读小说》和"阿貉侦探局"系列等图书创作插画。

TONDATORABURU!? TAIMUTORABERU

Copyright © 2008 Yuki Tomono & Rika Okabe

Original Japanese edition published by Iwasaki Publishing Co., Ltd.

Simplified Chinese translation copyright © 2023 by Beijing Science and Technology Publishing Co., Ltd.

This Simplified Chinese edition published by arrangement with Iwasaki Publishing Co., Ltd. Tokyo, through Shinwon Agency Co.

著作权合同登记号 图字：01-2022-5546

图书在版编目（CIP）数据

改变未来的秘密任务 / （日）友乃雪著 ；（日）冈部理香绘 ；森有有译. —北京：北京科学技术出版社，2023.6
ISBN 978-7-5714-2844-0

Ⅰ. ①改… Ⅱ. ①友… ②冈… ③森… Ⅲ. ①儿童小说—幻想小说—日本—现代 Ⅳ. ① I313.84

中国国家版本馆 CIP 数据核字（2023）第 011387 号

策划编辑：桂媛媛	**电 话**：0086-10-66135495（总编室）
责任编辑：樊川燕	0086-10-66113227（发行部）
封面设计：沈学成	**网 址**：www.bkydw.cn
图文制作：沈学成	**印 刷**：三河市华骏印务包装有限公司
责任印制：李 著	**开 本**：880 mm × 1230 mm 1/32
出 版 人：曾庆宇	**字 数**：29 千字
出版发行：北京科学技术出版社	**印 张**：3.375
社 址：北京西直门南大街 16 号	**版 次**：2023 年 6 月第 1 版
邮政编码：100035	**印 次**：2023 年 6 月第 1 次印刷
ISBN 978-7-5714-2844-0	

定 价：32.00 元

目　录

我和我，还有我

有一次，我对朋友说"我怎么也想不起昨天和前天发生的事情"，结果被他们笑话了一番。

他们说，我只是忘记了而已。

我当时很难过——因为他们并不理解我的意思。那两天的记忆就像从破洞里掉出去了似的，凭空消失了。

所以，要是我再跟他们说"墙壁上出现了黑色的旋涡，一个孩子从那里冒了出来"之类的，他们肯定还是会笑话我。

"好痛！"

然而，我眼前的这个孩子就是这么出现的。他的头撞到了地板，所以他正在喊疼。

这孩子看上去 5 岁左右，穿着睡衣，确确实实是从墙壁里冒出来的。

"你……你是谁？"

刚才，我正打算睡觉。看到他凭空出现，我正要关灯的手一下子僵住了。他看上去就是个普通的孩子，应该不会给我带来什么危险，但我心里直发毛。

"好痛啊……咦？"

男孩抬起了头。我又问了他一次："你是谁啊？"

男孩终于不再喊疼了。他看向我，疑惑地反问道：

"大哥哥，你是谁？"

"我还想问你呢！"

"那我们打了个平手。"

平手？我愣了愣，立刻回过神来。

不能发呆了，还有一大堆事情要问清楚呢！

我深深吸了一口气，温柔地对他说："你是怎么来到这里的？"

"不知道。"

"你是从墙壁里出来的吧？"

"是吗？"

问了半天我还是对他一无所知。看来这样问行不通。

我决定直接问他的名字。

"小弟弟，你叫什么名字？今年几岁了？"

"我叫田岛冬也，今年5岁。"

我不由得惊呼："啊？！"因为我的名字也是田岛冬也。难道从墙壁里钻出来的男孩碰巧和我同名同姓吗？

怎么可能？！

"那，你父母叫什么名字？"

"我爸爸叫田岛树，我妈妈叫田岛佐世子。"

我大惊失色。就算是巧合，怎么可能巧到连父母的名字都一样？！

可是，我确实是田岛冬也，这毋庸置疑。

那么，这个名叫"田岛冬也"的孩子又是谁？

我满腹狐疑地打量着这个男孩。不知怎的，我竟然觉得他有点儿眼熟。

他穿的睡衣像极了我小时候一直穿的那一件。不仅如此，他右耳耳垂上有一颗痣，而我也有一颗痣长在同样的地方。

同样的……

不会吧？！

"难道你就是我？"

这句话听上去很奇怪，但只有这一种可能性了——他就是我。我现在 12 岁，他一定是 5 岁的我，是那个将要上小学的我。

"啊？"

他呆呆地瞪大了眼睛。也是，他肯定和我一样，无法理解现在发生了什么。

"你冷静一下，好好听我说。"

"我很冷静啊。大哥哥，该冷静的是你吧。"

居然被小时候的自己笑话了，我心里五味杂陈。

"听好了。你呢，出于某种原因，来到了 7 年之后的未来。所谓 7 年之后的未来呢，就是你现在所在的这个世界。这几句话你能明白吗？"

"你是说，我穿越到了未来？"

"没错。"

不愧是我。有一个科学家兼发明家的父亲，理解能力就是强。原来我这么小的时候就如此聪明，我可真厉害，简直是天才。

"此刻在你眼前的是未来的田岛冬也。也就是说，我是长大后的你。"

"原来是这样啊，大哥哥。"

"没错！"

我激动地竖起了大拇指，可很快，我就沮丧起来。面对这种莫名其妙的情况，怎么还有心思高兴啊？

我换了个话题。

"我刚刚就问过你，你是怎么来到这里的？"

说到底，现在世界上还没有时光机。如果他来自未来，还解释得通，但他可是从过去来的。实在太不可思议了。

"我不知道啊。今天晚上，我起床上厕所，碰巧看到爸爸书房的门开着。我偷偷溜进去，结果被一个细细的东西绊了一下。紧接着，我听到有什么东西哗啦啦地倒了出来。我赶紧随手抓了一下，结果身体忽然变得轻飘飘的。等我反应过来的时候，已经出现在这里了。"

"你太淘气了。谁叫你进了爸爸的书房。"

爸爸每天都在研究和发明各种各样的东西，比如声控写字装置、眨眼电视遥控器……

那里可是发明家爸爸的书房。在那里，一切皆有可能。估计是爸爸为了发明时光机或类似的什么东西，在房间里安装了实验装置。没想到过去的我一不留神，被它绊倒了。

"大哥哥，现在该怎么办啊？"

"你可能回不去了吧，毕竟你都不知道自己是怎么过来的。"

我们为此感到十分苦恼。

就在这时，墙壁上突然又一次出现了旋涡。

"怎、怎么回事？！这次又是什么？！"

"哇，好厉害！"

我很慌张，而 5 岁的我却露出了惊叹的表情。

旋涡越来越大。不出所料，又有一个人从里面钻了出来。刚刚出来的是个孩子，这回却是个 20 多岁的男子。

在这个男子出现后，旋涡渐渐变小，最后消失了。

"呼——"

男子长舒了一口气。这时，他注意到了我们，又迅速倒吸了一口气。

"这究竟是怎么回事？！"

回答他的问题前，我仔细观察了他的耳垂。果然，那里也有一颗痣。确认之后，我大为震惊，心想："不会吧?！"

这个人，是来自未来的我。

"你们是谁?"

来自未来的我大惊失色。而来自过去的我不知是不是已经适应了，居然打起了哈欠。

没办法，只能由我来解释了。

今晚注定是个不眠之夜……

父亲的设计图被偷了

"也就是说，你是现在的冬也，这个孩子是过去的冬也？"

在我跟男子进行解释的时候，男孩竟然在我的床上睡着了。真是的，都什么时候了，他竟然还睡得着？

"我今年 22 岁。也就是说，过去、现在、未来的冬也聚到了一起。"

男子若有所悟地点了点头。

未来的我留着分头，身着时髦的黑色西装。虽然这么夸自己有点儿不好意思，但未来的我确实挺帅的。他还喷了香水，颇有成年人的风范。

"这可难办了，我本来打算避开所有人，悄悄行动的。是不是机器设置有问题？"

"什么？你是特地穿越过来的吗？"

5岁的我是因为意外才来到这里的，但22岁的我似乎并不是。

"没错。我是用父亲发明的'时光机3号'穿越过来的。"

说着，男子从口袋里掏出一个像银色小石头的东西。

"难、难不成这就是时光机？"

"是啊，父亲花了很多年才发明出来的。"

说到时光机，我总感觉那该是一台非常大的机器才对。没想到，它居然这么小，只比鸡蛋大一点儿。

男子说，这台时光机的用法非常简单。先设置想去的时间和地点，然后按下按钮，时光机的一端就会发射光线，制造出旋涡。这时，跳进旋涡就可以了。

就这么简单。

"它比我想象的小得多。"我对男子说道。

"其实父亲最开始发明出来的是一种大型时光机。不过有一次，他制造出了能让时空扭曲的激光。之后，他就把激光发射装置和能输入时间及地点的液晶屏组装在一起，发明了微型时光机。"

虽然听得不太明白，但我依然觉得父亲很厉害。其实一直以来，我都不太理解父亲的发明有什么神奇之处，但这台时光机深深打动了我。原来，未来的父亲会为世界带来这么了不起的发明啊！

与感慨万分的我不同，男子的脸色越发难看。

"但我没想到会见到你，甚至还见到了 5 岁的冬也。这可太糟糕了。"

　　"为什么？"

　　男子挠着头回答道："穿越时空的时候，要尽可能地避免碰到自己认识的人，因为未来很有可能因此而改变。"

　　"嗯？"

　　"这么说吧，父亲在未来会发明出时光机。但是在这个时期，他还在研究。这时，如果我干扰了父亲的研究，会有什么后果？本该在未来被发明出来的时光机可能会彻底消失！"

换句话说，我们的一举一动，都可能改变未来。

原来他是在为这件事烦恼。

"但是我们都说了这么多话了……"

"别担心，我们只是说了会儿话。只要我们不乱来，应该不会影响未来。"

我点点头，问道："你乘时光机来这个时期做什么？"

现在正呼呼大睡的那个男孩，似乎是因为意外才来到这里的，但这个男子显然不是。

"我是来改变未来的——虽然这和刚刚那番话有些矛盾。"

　　"什么？你不是说未来不能改变吗？"

　　男子猛地站起来，伸手拉开了窗帘。月光照亮了他的侧脸，他的神情看上去有些忧伤。

　　"但是有一件事，我必须改变！我一定要做到！"

　　他攥紧了窗帘，向我娓娓道来。

　　"事情发生在十年后。

　　"一家名为瑞思的公司利用超级人工智能芯片发明了家用机器人。这种机器人能够进行简单的对话，像人类一样独立思考与行动。

"如果仅仅是这样，那确实是件好事。

"然而，瑞思公司却偷偷开发超级人工智能士兵。这种士兵一旦拥有智力，任何一点儿小小的故障都有可能让它失控。那样一来，后果不堪设想。

"知道这件事后，父亲惊讶极了。因为操控超级人工智能士兵的芯片，与父亲曾经研发过的新型芯片一模一样。

"大为震惊的父亲心急万分地四处寻找未完成的芯片设计图。设计图本应放在书房里，结果他却怎么都找

不到。看来，设计图不知什么时候被人偷了。

"所以，时光机研发成功后，父亲下定决心要利用时光机回到过去，把芯片和设计图夺回来。

"这个时期的明天，也就是周日，正是瑞思公司举办发布会、庆祝芯片研发成功的日子。明天，他们就会公之于众。

"正是出于这个原因，我才选择穿越到了今天。

"顺便一提，父亲之所以派我来，是因为别人不认识我。如果是有名望的父亲出现在发布会现场，肯定会引起别人的怀疑。

"总之，这就是我来到这个时期的原因。"

我拼尽全力，在脑海里整理他所说的内容。

未来，瑞思公司偷偷开发了超级人工智能士兵。操控它们的芯片，正是源自爸爸曾经研发但并未完成的新型芯片。爸爸发现设计图被偷走后，利用时光机把未来的我送到了这里。未来的我要潜入发布会现场，夺回芯片和设计图，并把它们带回未来。这样一来，失去芯片和设计图的瑞思公司就无法制造超级人工智能士兵了。

"我大致明白了。"

"不愧是十年前的我，真聪明。"

他双手环抱在胸前，满意地点了点头。我向他提议："既然这件事这么重要，我来帮你吧。"

他沉默了一会儿。或许，他担心倘若我们一起行动，未来可能会被改变。

"三个臭皮匠，赛过诸葛亮，人多力量大嘛。"

"好吧，那就拜托了，嗯……现在的冬也。"

"我们得先确定一下各自的称呼，现在太混乱了。"

"是啊。"

我耸耸肩，用力握紧了未来的冬也伸过来的手。

之后，我们讨论了很多事情。

爸爸今天也住在研究室，没有回家。妈妈虽然在家，但她总会一觉睡到天亮。反正明天是周日，今晚熬夜也不要紧。

我们先解决了三个人的称呼问题。像什么"过去的冬也""未来的冬也"，叫起来实在有点儿麻烦。我们每想到一个合适的名字，就把它记在草稿纸上。

　　最终，我们决定用最简单的办法。属于这个时期的我叫"冬也"，从过去来到这里的男孩叫"过去"，从未来来到这里的男子叫"未来"，非常简洁易懂。

　　面对其他人的时候，我们就是三兄弟。未来是老大，我是老二，过去是老三。虽然我们三兄弟年龄差距有点儿大，但这种细节问题就先放一放吧。

起好了名字，接下来的主要任务就是夺回芯片和设计图。

　　怎么潜入发布会会场？怎么找到芯片和设计图？又怎么把它们拿回来？我感到头痛不已。

　　"潜入会场的事包在我身上。"

　　"你已经想到办法了？"

　　"嗯。还有，芯片和设计图应该会被放在不同的箱子里。"未来说道。

　　"你怎么知道？"

"因为我已经在未来看过了芯片发布会的视频。发布会上，它们分别被装在两个黑色的箱子里。箱子就是普通的箱子，也没有上锁。"

　　"这样一来，我们应该很容易得手。"

　　"不是这样的，"未来摇了摇头，继续说道，"虽然箱子没上锁，但存放箱子的房间被锁住了。芯片和设计图那么重要，还会有安保人员守在门口。"

　　"那我们要怎么做呢？"

　　有没有什么好办法呢？ 比如像小说里的怪盗一样，

芯片和设计图
我就收下了。
怪盗

事先寄出一封信告知对方，然后登场。越过陷阱，拿到宝贝，从窗户逃跑，最后乘着热气球潇洒地离开……

这绝对不可能。

我苦笑了一下。

"我和父亲想到的方法是——使用备用时光机。"

"还有备用的？"

"没错，父亲为了这个计划，特意制造了'时光机4号'。不过，它是一次性的，也就是说，只能单程使用。"

说着，未来张开了手，他的掌心里躺着一颗黄色的"胶囊"。大小也好，形状也好，它都和时光机3号别无二致。

"怎么用？"

"在瑞思公司董事长准备展示芯片和设计图的时候，

趁他不注意，把这两样东西抢走，然后立刻使用时光机4号，回到未来。"

这个方法听起来确实可行。然而，谁也不能确保计划一定会成功。如果未来失败，被人抓住，那他就没办法回到未来了。更糟糕的是，这对我自己今后的生活也极有可能产生严重的影响。

我忽然灵光一闪，想出了一个办法。

"备用时光机还是等到无计可施的时候再用吧。办法嘛，还是得多想几个，有备无患。"

"也是，多想几种方案确实很有必要。"

就这样，我们不眠不休地制订着计划。

与此同时，过去在旁边睡得正香。听着他的呼吸声，我心中不禁涌起一股羡慕之情……

第二天早上，我听到楼下传来妈妈的脚步声。

我匆忙把过去摇醒。紧接着，我们开始实施计划的第一步——不能让妈妈发现他们二人。

我的房间里有其他人，这件事本身就不能让妈妈知道。我也不想让妈妈和他们俩产生交集，以免产生不好的后果。

按照计划，我让未来藏在衣橱里，让过去躲到床底下。我不用藏，待在床上就行。

脚步声越来越近，紧接着，门开了。

"咦，冬也，你已经醒了？"

"嗯，昨天睡得比较早。"

"这样啊，真棒。"

"嘿嘿……"

就在这时，妈妈忽然吸了吸鼻子，露出疑惑的神情。

糟了！是未来身上的香水味！

整间房间都弥漫着甜丝丝的香水味。我闻了太久，早就习惯了，把这事忘得一干二净。

"这是什么味道？"

冷汗顺着我的后背流了下来。如果妈妈怀疑起来，把整间房间彻底翻一遍，那就露馅了。妈妈还不认识未来，但过去可是5岁的我。要是他的脸被妈妈看到，以前的冬也穿越到现在的事情就会暴露！

不过，这种时候，还是看到家里藏着陌生成年人更让妈妈震惊吧。

我思绪纷乱如麻，内心惶恐不安。结果，妈妈只是无可奈何地说了一句："你也开始喷香水了啊。"说完，她就把门关上了。

呼——虚惊一场。

我把手放在胸口，长舒一口气。长这么大，我的心还是第一次跳得如此剧烈。

"已经没事了。"我对过去和未来说道。他们正打算出来时，只听咔嚓一声，房门忽然又被打开了。

"忘了告诉你，妈妈今天要出门见朋友。最近有很多'怪人'出没，你出去玩的时候一定要记得锁好门窗。"

"啊，好的妈妈。您说得没错，最近'怪人'确实挺多的……"

忽然，有什么东西碰到了我从床上垂下的双脚。是过去的手！刚才太慌张了，他还没来得及完全藏好。

我赶紧用脚悄悄把他的手踢回床底。

这样就没事了吧？

正这么想着，妈妈突然又说："我不是一直跟你说，衣橱的门打开以后要记得关好吗？你怎么又没关好。"

她看向了没关严实的衣橱。

一波未平一波又起，未来也没来得及藏好吗？

"真是的。"妈妈一边嘟囔，一边朝衣橱走去，打算关上它。就在这千钧一发之际，我唰地站起来，大喊道："我来关！"

如果妈妈亲自去关，她肯定会察觉到衣橱里有人。那个人，正是她口中的"怪人"。

"我已经关好了，您看。"

"这还差不多。门窗也要关好哟。"

叮嘱了几句后，妈妈又一次出去了。

这次，我确定她走远后，才对过去和未来说："安全了，出来吧。"他们似乎都和我一样，十分紧张，流了不少汗。好在我们的第一步总算成功了。

妈妈出门后，我们一起吃了早饭。早饭有虾仁滑蛋、法式吐司和香蕉。然后，我从收纳柜里找出了小时候的旧衣服，给还穿着睡衣的过去换上。我边给他换衣服，边跟他讲之后的计划。

过去连着说了好几声"好厉害"，眼睛闪着光。看

来他很乐意参与。

　　剩下的时间，我们各忙各的。未来出门去收集需要的工具，我再次确认了计划，过去画了会儿画，还悠闲地吃了薯片。

　　正午时分到了，我们终于迎来了出发的时刻。

　　"走，我们去把芯片和设计图拿回来！"

危机四伏的发布会

中午 12 点 15 分。

我们到达了目的地——举办发布会的酒店。酒店看上去非常气派，大概有 20 多层，我情不自禁抬头望了望。

"这个怎么读呀？"过去指着入口处展示板上的字问道。

我流畅地读了出来："瑞思公司超级人工智能芯片发布会。"

"哇，这句话好拗口。"

过去像念绕口令似的，把这行字读了好几遍。他每次都没办法一口气读下来，一个人在那儿哈哈大笑。

过去的我居然会因为这么无聊的事情笑个不停，这实在让我太难为情了……

　　"餐会 1 点开始，芯片发布会 3 点开始。我们必须在发布会开始之前找到箱子，拿到芯片和设计图。"未来叮嘱我们。

　　我打起十二分的精神，再次向他们确认："执行计划要保持冷静。你能做到吧，未来？"

　　"放心。"

　　"没问题吧，过去？"

　　"超级人工智能芯票……哈哈哈。"

"过去！"

"嗯？"

他这样可不行啊。

我还是有些担心，忍不住叹了一口气。但事已至此，我们已经无路可退了。

"别紧张，过去本质上也是田岛冬也呀。该他做什么事的时候，他肯定能做好。"

"希望如此。"

我只能选择相信未来的话。

中午 12 点 55 分。

未来把邀请函递给前台负责接待的女士。不用说，那张邀请函是假的，但足以以假乱真。

　　我计划的第二步是——使用假邀请函，潜入会场。

　　在这一步中，未来的身份是与瑞思公司有业务往来的公司的职员，我和过去则是他的弟弟。

　　"您是田岛先生对吧？请问这两位是？"

　　"他们是我的弟弟。应该可以带家属吧？"

　　"是的，一共三位，请进。"

　　看着迎我们入场的女士，我放下心来。

　　就这样，第二步也算成功了。通过前台这一关后，未来暂时与我们分头行动。

下午 1 点。

我和过去走进二楼的"雅典厅",餐会刚刚开始。

天花板上的巨型吊灯闪烁着夺目的光芒,会场里摆满了华丽的装饰。

与会人员都穿得颇为讲究。五颜六色的裙子,笔挺的西装……就连我都能猜到,他们脚上锃亮的皮鞋肯定价值不菲。

50

"哎呀，真是个可爱的小男孩。"

一位穿着红裙子的年轻女士突然跟过去搭话。她化着浓妆，手指上戴着镶了宝石的戒指，那颗宝石大得简直像要蹦出来似的。她给人的感觉不怎么好，摆明了是想让人注意她的戒指，好炫耀一番。

"你穿得这么红，会被牛撞的。"

"什么?！"年轻女士怒气冲冲地离开了。

"哈哈，说得好！"

我和过去击了个掌。

不过，牛之所以会冲向斗牛士，并非因为披风是红色的，而是因为斗牛士挥舞披风的动作刺激了它。

下午 1 点 20 分。

正当我端着盘子，吃着丰盛的料理时，未来回来了。

"我已经按计划，把装置安装到监控室里了。"

"干得漂亮！"

所谓装置，指的是爸爸发明的"超级无线电磁石"。

酒店里所有摄像头拍下来的画面，都会显示在监控室的显示屏上。而这块磁石能够释放干扰显示屏正常工作的电波。

我们拿回芯片的过程可不能显示在显示屏上。所以，我早上从爸爸的房间里偷偷"借"来了这块磁石。

"根据我的观察，他们为了防盗，费了不少心思。"

"怎么说？"

"每层都有一位安保人员。这样一来，我们就无法轻易地判断出芯片和设计图究竟藏在哪一层的哪间房间里。"

"豪华套房呢？"

我本来认为，芯片和设计图肯定都藏在顶楼的豪华套房里。未来已经预订了同样位于顶楼的房间，这样我们就能名正言顺地在顶楼自由通行了。

　　"豪华套房门口确实站着一位安保人员。但是，如果其他楼层都有安保人员……"

　　"我们就不能断定芯片在顶楼的豪华套房里。"

　　只要找到安保人员，就能找到我们要去的房间——我们本来是这么设想的。

　　现在看来，计划的第三步——找到芯片和设计图所在的房间——遇到了大麻烦。

"我还以为它们就在顶楼呢。"

"唉……"

我本来对计划的第三步充满信心。只要能确定芯片和设计图的位置，后面就容易了。没想到，我们还是太天真了。

垂头丧气的未来缓缓拿出了黄色"胶囊"——时光机4号。

"不要啊，还没到无计可施的时候。"

"可是，现在重新制订计划已经来不及了。"

"振作起来！一定还有别的办法！"

我绝对不能让未来使用时光机4号。万一他没成功，后果不堪设想。而且这样一来，我们之前的努力就都白费了。

可是，现在究竟该怎么办？

"我有办法。"

第一个打破僵局的，居然是过去。

"真的吗？"

"什么办法？"

我和未来异口同声地问道。

过去像要展示肌肉似的，举起了紧握的拳头。

"包在我身上。"

下午 1 点 30 分。

我们离开发布会会场所在的 2 楼，乘电梯来到 5 楼。

酒店客房分布在 5 楼到 25 楼，1 楼到 4 楼设有数个会场和餐厅。

"站在那儿的就是安保人员。"

一位身穿安保人员制服的男子站在走廊里侧的房间门口。

过去忽然朝他跑了过去。我们躲在电梯旁的阴影里观察情况。

"我憋不住了，要尿出来了！"

过去跑到安保人员身边，大声喊道。

"怎、怎么了？"

安保人员大吃一惊，低头看向过去。

"我受不了！要尿出来了！"

"啊，你想去上厕所，对吗？"

看到过去慌乱地扭来扭去，安保人员
也跟着慌张起来。

"这可不行。小弟弟，你住哪个房间？"

"哎呀，我憋不住了！叔叔，快带我去厕所吧！"

原来如此！我和未来对视一眼，恍然大悟。

我们要看的，就是安保人员会不会因此离开房间门口。如果安保人员看守的东西很重要，他肯定不会就这样轻易离开岗位。他应该会采取其他措施，比如用对讲机喊别人来帮忙。

这就是过去的目的！

只见5楼的这位安保人员说了句"好吧"，便打算离开岗位。

听到这句话，过去连忙说了句"算了，我自己去"，然后向我们这边跑来。安保人员愣住了。我们避开他的视线，偷偷上了楼。

"太厉害了！你可真聪明！"

听到未来的夸奖，过去笑着说："毕竟大哥哥说过，该我做什么事的时候，我肯定能做好。"

"啊，我确实说过。"

"我们一定能成功！本来大哥哥要一个人完成的任

务，现在可是三人联手！"

过去昂首挺胸，自信满满地说道。

原来，他当时并没有偷懒，而是在认真听我们说话。

"我们继续吧，时间不多了。"

这一刻的过去，比我和未来都可靠得多。

下午 2 点。

我们已经花了 30 分钟试探各楼层的安保人员。这段时间里，我们想方设法，终于发现了一位无论如何都不肯离开岗位的安保人员。他并不在豪华套房所在的顶楼，而在 20 楼。

过去立下了大功。在他的不断努力下，我们计划的第三步也成功了！

"不好，快没时间了！"

未来瞥了一眼手表，焦急地说。

他明明是我们之中最年长的，却也是最急躁的。不过，我能理解他的心情。

"没事，别担心，总会找到解决办法的！"

过去非常开心，不知是不是把这次行动当成了一场刺激的冒险游戏。他可能没有意识到，我们的行动可是会影响未来的。

虽然我努力不表现出来，但我内心深处也有些兴奋。

我清了清嗓子，为大家打气："箭在弦上，不得不发。最后关头了，大家加油！"

我们终于要开始实施计划的最后一步了。这最后一步，自然是夺回芯片和设计图。

下午 2 点 10 分。

我做好准备，和过去一起藏在电梯旁的角落。此时，未来向 20 楼的安保人员走去。

"您好，我是警察局的田岛。"

未来快速地给安保人员看了一眼他的证件。

"您有什么事？"

"就在刚才，董事长接到了一通可疑的电话。对方是个孩子，他说要抢走芯片，大闹发布会。"

"什么？！"

"之后董事长便找到了我们。我找您，是想知会您一声，我们将巧妙安排几名便衣警察来保护芯片。"

"原来如此，有劳了。"

"这件事我只告诉了负责本楼层安保的人，也就是说，只有您一个人知道，希望您不要声张。这也是董事长的意思。"

"好的，我明白了。"

未来表现得十分沉着，又精准地提到了"本楼层"。因此，安保人员似乎没有对他产生怀疑。不错不错。

"他们也有可能是一个团伙，只不过找了一个孩子来打电话。以防万一，我想提前检查一下房间里有没有藏着可疑人员。"

"好的。"安保人员答应道，随即打开了房门。他已经彻底放下了戒备。

这时，我回想起爸爸曾经说过的话。

"人啊，一旦相信了别人，就会忘记质疑。"

爸爸说这话时，正在看电视里播出的反诈专题节目。

未来和安保人员一同走进了房间。

"大哥哥会顺利吗？"过去紧张地问道。

"嗯，一定会的。"

外面的我们无法看到房间里的情况。不过，我们早就定好了暗号。

"咳咳咳！"

来了！

是未来的咳嗽声！这正是"发现芯片和设计图"的信号！

"好！"

现在，终于轮到我出场了。

"你就在这里乖乖等着我们。"我叮嘱过去。

"知道了。"不能参与其中，过去露出了无聊的表情。

我深吸一口气，走向房间，然后鼓足勇气冲了进去。

"你、你是谁？"

未来假装被吓了一跳。

"这里禁止入内，你不能进来！"

我狠狠地盯着他们二人，大喊道："瑞思公司解雇了我哥哥，却连个正当理由都没有！我要让你们倒闭！我要为哥哥讨回公道！"

"原来打电话的人就是你！"未来大喊道。

我假扮的，就是给董事长打电话的那个孩子。我假装自己的哥哥被公司不明不白地开除了，我为了泄愤，便决定来抢夺芯片。

"你冷静一点儿！"

"我干脆把芯片破坏掉——"

"且慢！我能理解你！"安保人员试图说服我。

"你又不是我，怎么可能理解！" 为了转移他的注意力，我大吼着。

"走开，走开！"

我拼命挥舞着双手，向安保人员冲了过去。

"你、你快停下！"

"气死我了！"

我一边跟安保人员纠缠不休，一边偷偷给他身后的未来使眼色。未来找准时机，麻利地从箱子里拿出了芯片和设计图。然后，他冲我比了一个 OK 的手势。看到手势后，我立刻停止吵闹，垂下头，开始假装大哭起来。

"呜呜呜……为什么，为什么要开除我哥哥……"

未来把芯片和设计图偷偷藏到衣服口袋里。他走向我，对我说："就算事出有因，你也不应该做这种事。"

他把手轻轻放到我的肩膀上。我假意放弃，用无奈的口吻道歉："对不起……"

"之后跟我去趟警察局吧。对了，保安先生，这件事可以请您保密吗？虽然这孩子做出了这样的事，但也情有可原。您看可以吗？"

安保人员点了点头。他重新转向我，笑着对我说："你和哥哥关系真好。"

"您受累了，还请继续做好接下来的安保工作。"

未来对安保人员说了些慰劳的话。接着，他带我走出了房间。我们和刚刚一直藏在角落里的过去一起走进电梯。电梯门一关，我们便不约而同地欢呼起来。

"太好了！一切顺利！"

"是啊，芯片和设计图都顺利拿回来了，计划的第四步也大获成功。"

"我也好想参加啊。"过去小声嘟囔着。

"那个安保人员已经见过你了。这也是没办法嘛。"

我摸了摸过去的头，轻声说："不过，那个叔叔是个好人。"

"是啊，我也觉得他很善良。"

"芯片和设计图不见了，他会受处罚吧？"

哪怕是为了未来的和平，我也不忍心连累好人。

"不用担心。"未来安慰我们。

"嗯？"

"我可以利用时光机回到一小时前，然后想想办法，不让那位安保人员牵扯进来。只穿越一小时的话，时光机3号的能量应该够用。"

"还有这个方法啊！"我喜出望外。

"毕竟时光机是为了让世界变得更好而存在的。"

未来走进两栋大楼之间的小巷，拿出时光机3号，在它的液晶屏上设置了时间和地点。

"我把回来的时间设置在此刻的5分钟后。你们稍微等我一下。"

银色"胶囊"的一端发射出耀眼的激光。激光碰到墙壁后，逐渐形成了黑色的旋涡。

"加油，未来！"

未来把芯片和设计图交给我保管，然后步入旋涡。

让世界变得更好……

我一边注视着旋涡消失后的墙壁，一边回味着未来的话。

不仅是时光机，任何发明都应该是这样。发明创造既可以使人幸福，也可以使人不幸，这都取决于我们如何创造，以及如何使用它们。我手中的超级人工智能芯片也不例外。

未来和过去的留言

傍晚。

我们回到家时，爸爸妈妈都还没回来。

我们上了二楼，走进房间。一关上门，我们就情不自禁地开怀大笑。

"那就是超级人工智能芯片吗？哈哈哈！"未来笑得前仰后合。

"你的主意真是太妙了！哈哈哈！"我笑得眼泪都快流出来了。

"我吃着吃着，忽然灵光一闪，嘻嘻。"过去狡黠一笑。

我们之所以笑成这样，是因为那之后的发布会。

回到一小时前的未来，如约在 5 分钟后回来了。

据他说，多亏有时光机，他才能帮助那位安保人员。

我们喜出望外，回家路上顺便去了一趟附近的家电商场，走到电视机展示区，正好赶上芯片发布会的现场直播。

一开始，发布会还煞有介事地插播广告，顺利地推进流程。大约 10 分钟后，瑞思公司大腹便便的董事长终于现身了。他开始致辞，下垂的两腮不时抖动着。

开场白结束后，董事长打算展示芯片设计图。

"请大家看好了，这就是我们公司研发出的超级人工智能芯片的设计图！"

当然，设计图早就被我们调包了。

大屏幕上出现了一幅假面超人的画，正是过去出门前一直在画的那张，还画得特别丑。

"啊！"

董事长急忙把画扔到一旁，露出尴尬的笑。他慌乱地说了声"不好意思"，连忙伸手去拿另一个箱子里的东西。

"设计图可能出了一些问题，请各位先看看这个——超级人工智能芯片！"

当然，芯片也是假的。

　　董事长啪的一声打开箱子。里面的东西虽然也是"片"，但不是芯片。

　　箱子里赫然躺着一片薯片，正是过去出门前一直在吃的东西。

　　"哎呀，瞧那时候董事长慌张的样子！看得我神清气爽。"

　　"谁让他做了那么多坏事。这下他就不能去制

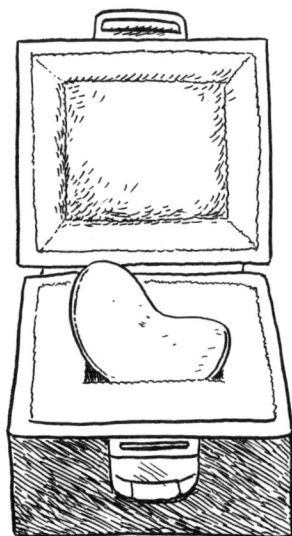

造什么机器人士兵了。"

"我的画是不是要出名了？"

我们又一次笑得前仰后合。不知道是不是因为计划成功后彻底放下心来，我们一直笑个不停。

笑着笑着，我们忽然陷入了沉默。大家都知道沉默背后的原因。

　　"我差不多该回到未来了。"

　　未来先开了口。

　　"嗯。未来回到未来，过去回到过去。"

　　"我该怎么回去呢？"过去有些苦恼地问道。

　　"是啊，毕竟你和我不一样，你是意外来到这里的。"
未来也陷入了沉思。

　　关于这个问题，我早就有了答案。

　　"用那颗黄色的'胶囊'。"

　　只能用一次的时光机 4 号。它之前一直没有用武之地。也多亏如此，过去才能借助它回到自己的时空。

我之前便想到了这一点。当时阻止未来使用时光机 4 号，也有这方面的考虑。

"是个好办法。反正芯片和设计图已经到手，不需要时光机 4 号了。"

"没错。这颗'胶囊'这么小，别人也看不出它是时光机。就算把它带回过去，也不会对未来有什么影响。"

"关于这件事……"未来的表情忽然变得很严肃，"我们不能保留这两天的记忆。"

"不能保留记忆？那要怎么做？"过去歪着头问。

"用这个，"未来拿出一个装着液体的小瓶子，"这是一种神奇的眼药水，滴入眼睛后，其中的有效成分就会到达脑神经，消除大脑里的记忆。滴一滴，一天的记忆就会被消除。因为我们在这里待了两天，所以必须滴两滴。"

能够消除记忆的眼药水……

也就是说，无论是昨晚的彻夜长谈，还是今天齐心协力实施计划的过程，所有经历都会被忘得一干二净。时光机也好，芯片和设计图也好，甚至未来和过去这两个人，我都不会记得。

"未来哥哥，你在说什么？我听不懂。"

"就是说，我们在一起的这两天发生的一切，你统统都会忘记。"

"我不要！这两天我特别开心！我不想忘记！"

过去眼里盈满了马上就要夺眶而出的泪水，小小的嘴巴也颤抖着撇了下去。看到他这副模样，我拼命克制住想哭的冲动，安慰道：

"别哭啊，哪儿有什么值得伤心的事。"

"可是……"

"我们都是田岛冬也啊。你，我，还有未来，我们都是。"

我摸着过去的头发。那柔软的手感，我十分熟悉。

"我们还会见面吗？"

"不是见面，而是成为。我就是 7 年后的你，而未来就是 10 年后的我。"

"哥哥们都是我长大后的模样，对吧？"

"比起朋友和父母，我们的联系更为紧密。所以，你就尽管放心地回去吧。"

过去是个聪明又懂事的孩子。明明还在滴滴答答地掉眼泪，却偏要逞强地笑着说："我走了之后，你们可不要太想我。"

最后，我们为了纪念一起度过的这特别的两天，制作了留言卡片。

哪怕记忆消失了，我也还有一件纪念品。

在卡片上留言之后，过去往眼睛里滴了两滴眼药水。根据使用说明，只有他一个人需要滴眼药水。因为他的这段记忆一旦消失，我和未来的相关记忆也会随之消失。

之后，时光机4号发射出激光，墙壁上出现了一个黑色的旋涡。

离别的时刻终于到了。

"我不会忘记的。"

"嗯？"

"记忆会消失，但我不会忘记！"

尽管这句话莫名其妙，但我们都明白他想说什么。

"再见了，哥哥们！"

说完，过去消失在旋涡中。

平时天真无邪，可是一到紧要关头就比任何人都可靠，那就是 5 岁的我。

"我也要走了。"

"嗯。"

我和未来点头致意，紧紧握住彼此的手。

这样就足够了。

"谢谢你，冬也。10年后，你就会变成厉害的我了。"

留下这么一句话后，未来打开时光机 3 号，也和旋涡一同消失了。

长得帅，又聪明，身上散发着成熟的气息，在危急关头，虽然偶尔会退缩，但最终仍然想方设法达成目的，那就是 22 岁的我。

终于，房间里只剩下 12 岁的我和那张留言卡片。

幸福地生活。——未来

把该做的事情做好。——过去

享受当下。——冬也

我用图钉把卡片固定在书桌旁的那面墙上。之后，我的意识渐渐模糊……

好困啊。说起来，我好像从昨天起就一直没睡觉。还是说，我困倦是因为这段记忆马上就要消失了呢?

我躺在床上，一种难以言喻的舒适感将我包围。

"真是奇妙的经历……"我自言自语着，随后闭上眼睛，笑了。

笑容消失后，眼泪顺着太阳穴滑落了下来。